AF315836

LE BONHEUR

DES FOUS.

LE BONHEUR DES FOUS.

POÈME.

A PARIS,

Chez
{
LEFEBVRE, imprimeur, rue de Lille, nº. 688, près la rue des Saints-Pères ;
DESENNE, libraire, palais Egalité, galeries de pierres, nº. 2 ;
}
Et chez les marchands de Nouveautés.

AN VIII.

LE BONHEUR DES FOUS.

POÈME.

LA sagesse a beau dire, et vanter ses adages;
Les fous sont ici bas plus heureux que les sages.
Veut-on plaindre un mortel privé de sa raison?
Reportons-nous vers l'homme en sa jeune saison,
Dans ces momens trop courts où l'inexpérience
Des biens comme des maux lui cache la science;
Ses vœux moins étendus sont plutôt satisfaits,
Ses plaisirs sont plus purs, ses transports plus parfaits.
Tout ce qui nous afflige, ou nous remplit d'alarmes,
A ses yeux quelquefois peut arracher des larmes;
Mais bientôt oubliant ses volages douleurs,
L'instant qui les vit naître, a vu sécher ses pleurs.
Mais lorsque la raison saisissant son empire,
De ces jours fortunés fait cesser le délire;
Quand l'homme avec sa force acquiert sa liberté,
Il perd son innocence, et sa sérénité.
A peine est-il entré dans la route commune,
Que déjà de son sort il connait l'infortune.
Ses désirs sont plus vifs, ses vœux plus élevés.
Il court après des biens péniblement trouvés.
Et lorsque de l'amour l'embrâsement funeste,
Du repos qu'il goûtait a consumé le reste,

Bientôt l'ambition, tyran plus dangereux,
Fait sentir à son cœur des tourmens plus affreux;
L'âge vient; la sagesse en dissipant ses songes,
Du bonheur des humains lui fait voir les mensonges;
Et de son espérance humiliant l'orgueil,
Le remplit de regrets qu'il emporte au cercueil.
Le fou moins malheureux est plus digne d'envie;
Il parcourt en riant le chemin de la vie.
De l'austère raison dédaignant les discours,
Il est encore enfant au déclin de ses jours.

Le sage au grand éclat craint souvent de paraître;
Mais de ses actions l'autre est toujours le maître.
Le monde en rit? hé bien, fort de son seul appui,
Le fou rit avec ceux qui se moquent de lui;
Et gardant en tous lieux sa liberté stoïque,
C'est vraiment l'homme roi (1), vanté par le Portique.

Le fameux Alexandre, au comble des succès,
A l'air moins triomphant, que ce jeune Français,
qui couvert tout-à-coup d'un vêtement de guerre,
D'une dragonne d'or pare son cimeterre.
Un miroir complaisant, présenté par l'amour,
Lui vante sa beauté, sa taille faite au tour;
Mais il brûle de voir, sous un brillant panache,
Son visage ombragé d'une large moustache.
Pour cacher sa beauté qui lui semble un affront,
D'une fureur guerrière il sillonne son front;
Et pour grossir sa voix trop timide et trop claire,
Il monte ses accens aux tons de la colère.
Belles, venez, voyez cet Achille du jour:
Il vous fuit, emporté par le bruit du tambour;

Mais s'il revient chargé d'une noble blessure,
Combien, sur vous alors, sa victoire est plus sûre!
Que ce jeune homme impose aux regards éblouis,
Sa folie est du moins utile à son pays.
Combien devant nos yeux en voyons-nous paraître,
De bien plus fous que lui, qui sont heureux de l'être!

Voyez ces merveilleux dont un char effronté
Promène dans Paris la folle oisiveté,
Que l'on voit tous les soirs montrer à nos théâtres,
Ces grotesques habits dont ils sont idolâtres;
Dont un vaste mouchoir, par sa triple épaisseur,
De leurs cols effilés corrige la maigreur;
Dont la langue grasseye avec art et méthode,
Qui sont agioteurs pour se mettre à la mode (2);
Et qui de nos marquis dont ils ont hérité,
Ont pris tous les travers, sans l'amabilité.
Quand nos sages divers étendent les limites,
Qu'au savoir des humains la nature a prescrites;
Pour conquérir la paix, quand nos jeunes guerriers
Vont cueillir sur le Rhin de pénibles lauriers;
Lorsqu'un héros enfin, dans un sage silence,
Rêve, avec son conseil, au salut de la France;
Ils jouissent en paix, au sein de nos remparts,
Des fruits délicieux de leurs nombreux écarts;
Et leur extravagance, à l'abri des tempêtes,
Compte tous leurs momens, par des momens de fêtes.

Qu'est-il de comparable à l'orgueilleux travers,
De ce jeune écrivain, qui, bouffi de ses vers,
Et cédant aux transports de son aveugle ivresse,
Pour la première fois fait gémir une presse?

Si les auteurs du Mois (3), en faveur de ses ans,
Attachent à son nom quelques mots complaisans,
Ou si dans leurs feuillets sa Minerve offensée
Obtient le mois suivant les honneurs du Lycée,
Alors plus de repos; ses fades calembourgs
Inondent par torrens Paris et ses fauxbourgs.
Si *Barré* (4), sous son nom, affiche un vaudeville,
On y voit accourir tous les fous de la ville;
Et de son abandon *Cuvillier* (5) effrayé,
Maudit tant de génie, et craint d'aller à pié.
Bien plus, nos parvenus dans leurs tables bruyantes
Citent de ses couplets les pointes semillantes;
Et de concert entr'eux, dans un arrêt profond,
Erigent cette idole en Voltaire second.
Voltaire eût dédaigné cette couronne étrange;
Mais le fou se redresse au bruit de la louange,
Et renfermant en soi des désirs superflus,
Il vit content, heureux; que lui faut-il de plus!

Tel qu'en ses vers galans le chantre de Sulmone,
Nous peint ce jeune dieu qui veut tromper Pomone,
Qui soldat, bûcheron, moissonneur tour-à-tour,
Sous des cheveux blanchis cache enfin son amour;
Tel cet attachement que l'on a pour soi-même,
Pour nous tromper aussi, change de stratagême.
L'amour-propre aux humains dispense également,
Et l'erreur charitable et le contentement.

Connaissez-vous *Cléon?* Ses immortels chef-d'œuvres,
Selon lui, de l'Envie ont armé les couleuvres.
L'éclat de sa palette eût par-tout triomphé,
Si ses rivaux jaloux ne l'eussent étouffé.

Lorsqu'il va visiter ces tableaux pleins de gloire,
Qu'au Louvre ont réunis le temps et la victoire,
Si quelque enthousiaste admire le Poussin,
De ses pinceaux, dit-il, j'approuve le dessin.
Il est noble, correct, plein d'esprit et de grâce;
Mais j'en sais un second dont le talent l'efface.
Vante-t-on Michel-Ange? aussitôt il répond :
C'est fort beau! cependant je connais son second.
— Dans l'art du coloris le Corrége est le maître?
— Fort bien. — Mais son second peut se trouver peut-être.
Enfin quoi que l'on dise, ou qu'on mette en avant,
Cet artiste inconnu, mais tout gonflé de vent,
A toujours un second qu'à produire il s'obstine,
Qu'il ne veut point nommer, mais qu'il veut qu'on devine.
Ce récit vous surprend? vous riez, je le vois;
Mais si *Cléon* est fou, confessez avec moi,
Qu'il est bien plus heureux que ces hommes célèbres,
Qui vivans s'ignoraient, qui morts dans les ténèbres,
N'ont dû l'apothéose et l'immortalité,
Qu'aux suffrages unis de la postérité.

Poliphême est hideux. La marâtre nature,
En lui donnant le jour réprouva sa figure.
Pour l'enlaidir encor, son courroux entassa
Sur son dos Pélion, sur sa poitrine Ossa.
Qu'importe sa laideur? Le galant *Poliphême*
Se contemple, s'admire, et s'adore lui-même.
Sa vanité l'abuse, et sans nul examen,
Il affronte gaîment les dangers de l'hymen.
Peut-être quelque jour sa blonde Galathée
Par des comparaisons sera désanchantée;

Mais le stupide époux de lui-même ébahi,
Sera plus carressé quand il sera trahi.

(6) *Lépide* encor plus vain que l'âne de la fable,
Est dupe des honneurs dont le hasard l'accable.
Chaque jour il rend grâce aux vertus qu'il n'a pas,
Des gardes, des faisceaux qui précèdent ses pas.

Cratès un beau matin s'éveillant politique,
Attache à son esprit la fortune publique ;
Il se croit appelé, dans ses rêves divers,
Pour réformer les rois et régir l'univers.

Ainsi que ses ayeux nourri pour la chicane,
Brigandus, pour la toge, a quitté la soutane ;
Et des plus grands emplois mesurant la hauteur,
Déjà monte en idée au rang de dictateur.

Midas dans un journal, heureux fruit de ses veilles,
Cache depuis dix ans ses deux longues oreilles :
Il pense avoir produit, en ses conceptions,
Le bonheur, par les siens, promis aux nations.

De la race d'*Irus*, on connaît la bassesse ?
De ses ayeux pourtant, il vante la noblesse ;
L'un était dans nos camps, goujat ou muletier,
Aux champs de Cerisole il le fait chevalier ;
L'autre, ainsi que Molac, sous les murs de Pavie,
Pour son roi, selon lui, sût immoler sa vie.
Il assigne à chacun son rang et son exploit ;
Il l'a dit si souvent que lui-même il le croit ;
Et pour ses droits perdus, toujours prêt à combattre,
Veut rendre la couronne aux neveux d'Henri quatre.

Anitus, las des vœux qu'il a faits aux autels,
A brisé ses liens qu'il dût croire immortels.
Fier d'un si beau triomphe, il ose plus encore :
Il attaque le dieu que le vulgaire implore ;
Et dans la propre église où lui-même a siégé,
Il nous dit : Si ce dieu que la crainte a forgé,
Réellement existe, et tient en main la foudre,
Qu'il tonne sur ma tête, et me réduise en poudre (7)?
Sans doute il eût fallu, pour guérir son cerveau,
Conduire à Charenton cet apôtre nouveau ;
Il eut fallu.... mais, quoi ? la vile populace
Au lieu de le punir, admire son audace ;
Et tout moine apostat le déclare en tout lieu
Pontife du parti qui ne croit plus en Dieu.

Sempronie, à tout prix veut que l'on parle d'elle.
A mille amans divers tour-à-tour infidèle ;
Ses exploits répétés à la ville, à la cour,
Ont retenti long-temps dans les papiers du jour ;
Mais quand pour la punir, sur ses appas perfides,
Le Temps, aux doigts de fer, eut allongé ses rides,
On vit dans son boudoir, dans ses soupers charmans,
Nos esprits les plus forts succéder aux amans.
Elle apprit assez bien leur jargon difficile,
Se crut au même instant un philosophe habile ;
Tous les ans nous commente en quelque écrit nouveau,
Aristote, Platon, ou Voltaire, ou Rousseau.
Elle juge à la fois les écrits et les hommes ;
Prévoit par le passé les dangers où nous sommes ;
Sa bouche prophétique annonce à l'avenir,
Et le régime à suivre, et la route à tenir ;

Et ses admirateurs, charmés de ses oracles,
Proclament ses écrits comme autant de miracles.
Sa folie est enfin le charme de ses jours;
Si l'austère sagesse en eût réglé le cours,
L'oubli, dans sa maison reléguant son génie,
Dans la foule commune eût plongé *Sempronie*.

De cette jeune *Hébé* contemplez la fraîcheur;
La rose a moins d'éclat, le lys moins de blancheur.
Un autre objet plus sage avec autant de charmes,
De quelque amant du moins voudrait sécher les larmes;
Sa folie est de plaire, et de nous attacher,
D'enflammer tous les cœurs sans se laisser toucher.
Chacun pour la punir, devrait s'armer contre elle;
Mais plus elle a d'orgueil, plus elle paraît belle.

Paris a vu *Frosine* intriguer sous les rois,
Sous le règne des cinq, et sous celui des trois.
Le temps en vain sur elle amassa quinze lustres;
Elle rêve toujours de conquêtes illustres:
Rien ne peut déranger l'espoir de ses calculs;
Elle eut des ducs et pairs; il lui faut des consuls.
Souriant en secret aux regards qu'elle attire,
Si le public la raille, elle croit qu'on l'admire;
Et sur elle, en un mot, s'aveuglant en tout point,
Se croit semblable aux dieux qui ne vieillissaient point.

Franchissez du Mont-Blanc la cîme hyperborée!
Venez dans ces valons où le fougueux Borée
Enchaîne les torrens par son souffle endurcis:
Vous y verrez des fous (8), qui, sur leur porte, assis;

Du respect des passans reçoivent ces hommages
Qu'en d'autres lieux à peine on accorde aux plus sages.
Mahomet, qui souvent parle en dieu des chrétiens,
Comme des fils chéris les recommande aux siens.
Quoique opposés à lui, nous suivons son systême;
Nous respectons les fous, nous les aimons de même.
Qui pourrait les haïr ? Nos fêtes et nos jeux,
Nos cercles, nos festins sont embellis par eux.
Le sage attriste tout par trop de prévoyance ;
L'autre rend tout heureux par son insouciance ;
Et de son avenir nullement occupé,
Ne craint point les revers avant d'être frappé.

Pénétrons un moment dans le boudoir des belles.
A-t-on vu des Catons réussir auprès d'elles ?
Est-ce par des discours pleins de froides saveurs,
Qu'on parvient à leur plaire, à gagner leurs faveurs ?
Contemplez dans le monde, au milieu de nos fêtes,
Ceux qu'ont rendus fameux d'amoureuses conquêtes.
Le sceau de la folie imprimé sur leur front,
A l'œil le moins habile annonce ce qu'ils sont.
Plus grands sont les écarts, où leur cœur s'abandonne;
Plus on voit de fleurons embellir leur couronne.
L'imprudent *Clinias*, par sa légèreté,
De vingt femmes au moins outragea la beauté ;
Croit-on que pour le prix de sa langue indiscrète,
Clinias réprouvé, vive dans la retraite ?
Non, *Clinias* triomphe ; il voit plus que jamais
Croître pour ses plaisirs, et s'orner leurs attraits ;
Et pour fixer un cœur si vague et si mobile,
Deux cent femmes encor l'attendent à la file.

En ses fougueux transports le peuple irréfléchi,
Aux caprices des fous fut toujours asservi.
Pour les louer, ce monstre a les mains toujours prêtes ;
Il courbe pour eux seuls ses innombrables têtes (9) ;
Ils peuvent à leur gré, sans craindre ses éclats,
Sapper les préjugés, renverser les états ;
Des rois les plus puissans humilier l'audace,
Les chasser de leur trône et se mettre à leur place.
Mais c'est peu que les rois. Les objets les plus saints
Sont devenus par eux ridicules et vains ;
Et les antiques troncs d'Homère et de Virgile
Se sont vus ébranlés par les mains d'un Zoïle.

Faut-il sur ce sujet, prenant un libre essor,
Par un portrait nouveau, vous le prouver encor ?
Regardez *Antiphon* ; sa folle extravagance (10),
Depuis vingt ans fait rire et Paris et la France.
Racine, selon lui, n'a pas le sens commun ;
Sa muse est toujours froide, et son esprit à jeun.
Ce fou veut-il du beau nous montrer les merveilles,
Et d'un drame parfait étonner nos oreilles ?
Ce n'est point à Messène, à Nymphée, à Colchos
Qu'il va prendre sa fable, et chercher ses héros.
Le peuple est déplacé dans cette compagnie ;
Il ne s'attendrit point aux pleurs d'Iphigénie !
Aussi le dramaturge, au cabaret du coin,
Va saisir les acteurs dont son art a besoin ;
Et mettant dans leur bouche un style plat et maigre,
Nous montre au lieu d'Achille, un marchand de vinaigre.
Il fait plus : *Antiphon* sur tous les arts divers
Promène également ses bizarres travers.

Son œil dans Raphaël ne voit rien qui l'enflame ;
L'ingénieux Poussin ne dit rien à son ame.
Le superbe Apollon, d'Italie apporté,
N'est qu'un marbre insensible à ses yeux présenté ;
Mais lorsque promenant ses vagues rêveries,
Pour visiter nos quais, il sort des Thuileries,
S'il rencontre une estampe, où l'artiste falot
Ait bien défiguré les dessins de Calot ;
Alors il s'extasie, et dans cette peinture
Il reconnaît vraîment la main de la nature ;
Il fait bien plus : la terre, à son commandement,
Ne suit plus de Newton le docte mouvement ;
Et devant le soleil ferme comme une roche,
Tourne comme un dindon qu'on a mis à la broche.
Aussi pour honorer un esprit si sensé,
Parmi les sénateurs il fut jadis placé.
Ce n'est pas qu'aucun crime ait souillé son délire ;
Mais les fous sur le peuple ont toujours quelque empire.
Plus celui qui lui parle est menteur, arrogant,
Obscur, exagéré, bizarre, extravagant ;
Moins on garde avec lui de forme et de mesure ;
Plus ce qu'on dit enfin dépasse la nature ;
Plus on fait de progrès en son affection,
Plus on obtient d'hommage et d'admiration.

Tels sont ces charlatans dont les folles grimaces
Fixent les yeux du peuple attiré sur nos places.
Plus l'esprit est chez eux l'ennemi du bon sens,
Plus on voit leurs tréteaux assiégés des passans.
S'ils leur disaient, quittant leur grotesque idiôme :
Approchez, citoyens ; achetez de ce baume :

Venez. A l'éprouver on ne hasarde rien ;
Il ne fait pas de mal, s'il ne fait pas de bien.
Le passant peu touché d'un tel discours sans doute ;
Sans laisser son argent, continuerait sa route ;
Mais s'ils disaient : messieurs, notre baume est divin !
Mêlé dans du potage, ou dans un doigt de vin,
Il guérit tous les maux que souffre la nature !
Sentez-vous de Vénus la cuisante blessure ?
Avez-vous dans vos reins des cailloux enfermés ?
Endurez-vous la goutte ? êtes-vous enrhumés ?
La vertu de ce baume *à nulle autre est seconde !*
J'ai guéri l'an passé, faisant le tour du monde,
Vingt rois qui se mouraient de paniques terreurs,
Le grand mogol, le pape, et quatorze empereurs !
A ce discours burlesque, et rempli d'impudence,
L'argent sur les tréteaux tombe avec abondance.
Le manant retiré sous le toît paternel,
Croit posséder chez lui le baume universel ;
Et le soir l'histrion, de ses mains satisfaites,
Compte par ses écus les dupes qu'il a faites.

Quand cédant aux transports qui brouillaient son cerveau,
Le héros de la Manche eut quitté son hameau,
Moderne Cynéas (11), son écuyer rustique,
Tâchait de ralentir son ardeur fantastique.
Il lui vantait sans cesse, en ses plaisans propos,
Les douceurs du village et l'amour du repos.
Mais lorsque Don Quichotte, affrontant les tempêtes,
Eut promis à Sancho le fruit de ses conquêtes ;
Lorsqu'il l'eut assuré que, par ses nobles soins,
Il serait ou monarque, ou gouverneur au moins ;

Le fidèle écuyer, cessant d'être incrédule,
Fonda sur ces honneurs un espoir ridicule ;
Et de son maître alors, admirant les desseins,
Vit dans le moins sensé, le plus grand des humains.

Mille exemples encor nous prouvent l'avantage
Qu'ont les rêves des fous, sur la raison du sage.
Ce que le monde a vu de grand, de généreux,
Fut conçu par les fous, fut accompli par eux.

Qu'eut été, dites-moi, sans une folle ivresse,
Le fameux héritier d'un petit roi de Grèce ?
Tout plia sous son joug, tout chercha son appui,
Hormis un autre fou (12), qui l'était plus que lui.

La sagesse, il est vrai, fut toujours admirée.
Quel prix en ont reçu ceux qui l'ont adorée ?
Jadis comme un oracle Esope fut cité ;
Du sommet d'une roche il fut précipité.
Le vertueux Socrate à ses jeunes adoptes,
A voulu dans Athène expliquer ses préceptes ;
Il a bu la ciguë. Aristide, Platon,
Ont souffert après lui, l'exil ou la prison.
Tous leurs pareils enfin, ailleurs comme en la Grèce,
Ont par de grands revers expié leur sagesse.
Mais le bonheur aux fous s'est toujours attaché ;
Ils l'ont trouvé par-tout, et ne l'ont point cherché.
Les cours, s'il faut en croire à tout ce qu'on publie,
Sont sur-tout un théâtre où se plaît la folie.
Ses sujets, par les grands, sont toujours bien traités.
Propos audacieux, mensonges, vérités,

Sans péril et sans crainte, ils ont droit de tout dire.
Loin de choquer les rois, les fous seuls les font rire;
Et s'il est, à l'envi, quelque emploi demandé,
C'est toujours au plus fou qu'on le voit accordé.

Ce n'est pas cependant qu'une bonne pensée
Ne puisse aussi sortir d'une bouche insensée.
Des oisons, autrefois, ont sauvé les Romains,
Et l'on a vu souvent, en des périls certains,
Des conseils émanés d'une cervelle folle,
Sauver plus d'un monarque et plus d'un capitole.
J'en appelle à témoins l'un de ces Electeurs (13),
Qui font des grands Césars les petits successeurs.
Parmi ses officiers (leur cour en est remplie)
Etait un jeune Page attaqué de folie.
Son maître assez bizarre, au reste homme de bien,
Sans prendre son avis, ne faisait jamais rien.
Plaisirs, finance, emplois, guerre, paix, alliance,
Tout était du ressort de son extravagance,
Et le bon Electeur, fidèle à ses avis,
Louait toujours le ciel de les avoir suivis.
Mais un jour qu'ennuyé d'un destin si prospère,
Il rêvait près du feu, n'ayant plus rien à faire :
Si ce fou, se dit-il, m'est utile à ce point,
S'il avait son bon sens, que ne ferait-il point?
Le prince au même instant d'un médecin habile,
Pour son Page invoqua l'art souvent inutile ;
Et le fou, grâce aux soins du Galien nouveau,
Au bout d'un mois au plus, retrouva son cerveau.
Qu'arriva-t-il? Le prince étonné du miracle,
Voulut, comme autrefois, consulter son oracle :

Mais avec sa raison, jugeant tout de travers,
Chez son maître, par lui, tout fut mis à l'envers.
Et l'Electeur confus de son expérience,
Maudit du médecin la fatale science;
Instruit à ses dépens, que chez lui comme ailleurs,
Les conseils les plus fous sont toujours les meilleurs.

Si quelqu'un dans ces vers, non dictés par l'envie,
Peut retrouver épars quelques traits de sa vie,
Qu'il soit loin de penser que d'un censeur mordant,
Je prétende usurper l'orgueilleux ascendant.
Pourquoi de mes pareils ferais-je la satyre?
J'ai voulu les chanter, et non point en médire;
Leur prouver qu'à Paris, à la Chine, au Pérou,
L'homme en tous lieux enfin est heureux d'être fou;
Du bizarre Electeur conservons l'anecdote.
Portons jusqu'au cercueil notre aimable marote;
Et de nos noirs soucis, prompts à nous dépouiller,
Au bruit de ses grelots, tâchons de sommeiller.

NOTES.

(1) La secte des académiciens a soutenu cette thèse :

'Le sage est vraiment roi.

(2) Ce vers, transporté d'un ouvrage qui est dans mon porte-feuille, en celui-ci, a été fait lorsque tous nos jeunes gens se déshonoraient par un infâme agiotage ; on a vu alors des hommes qui portaient des noms illustres, s'assimiler à ces voleurs qui assiégent sans cesse le Perron du palais royal.

(3) Journal littéraire qui paraît tous les mois.

(4) L'un des directeurs du théâtre du Vaudeville.

(5) Grand faiseur de pantomimes, qui a plus gagné à ce métier qu'à faire de bonnes pièces.

(6) Lépide étoit le collègue d'Antoine et d'Auguste. Il avait à peu près la folie qu'on lui suppose dans ces vers.

(7) Ce que l'on dit ici, est arrivé plusieurs fois sous le règne de la folie révolutionnaire. Des prêtres qui avaient dit vingt ans la messe, ont soutenu cette thèse dangereuse. Ils n'avaient plus de bénéfices, et ils voulaient des places. Les moines sur-tout, se sont distingués par de pareils scandales.

(8) Les insensés qu'on nomme *Crétins*, sont en effet fort respectés dans le Vallais. On les regarde comme les vrais enfans de Dieu. *Beati pauperes spiritu.* Les mahométans regardent aussi les fous comme des objets sacrés.

(9) On a appelé le peuple : *Bellua multorum capitum.* Nous avons vu ce monstre !

(10) On reconnaitra sans doute ce portrait ; mais qu'on me le pardonne ; quand on se permet de toucher à ce qui mérite effectivement l'admiration des hommes, on doit s'attendre, au moins, à plus d'une plaisanterie.

(11) Cynéas, était un des principaux officiers et l'ami du fameux Pyrrhus, roi d'Epire, qui fit la guerre aux Romains. Voyez la première épitre de Boileau.

(12) Tout le monde connaît la réponse de ce fou qui est Diogène, à Alexandre.

(13) Ce trait est vrai. Voyez les anecdotes sur la médecine.

DE L'IMPRIMERIE DE LEFEBVRE.